I0564710

LES

COULISSES DE L'OPÉRA

PARIS. — TYP. DE Mme Ve DONDEY-DUPRE, RUE SAINT-LOUIS, 46.

NESTOR ROQUEPLAN

LES

COULISSES

DE L'OPÉRA

PARIS

LIBRAIRIE NOUVELLE

BOULEVARD DES ITALIENS, 15, EN FACE DE LA MAISON DORÉE

Traduction et reproduction réservées.

1855

LES COULISSES

DE L'OPÉRA

Le prestige vulgaire qui de tout temps s'est attaché aux choses et aux personnes du théâtre n'est pas encore effacé.

Arnal ne passe pas dans la rue sans être remarqué par deux béotiens, dont l'un serre le bras de l'autre en lui disant :

« Tiens, tiens, tiens, Arnal ! Je te dis que c'est Arnal ! »

Le plus souvent ils se détournent de leur chemin pour le suivre à trois pas, et on les voit échanger un sourire d'intelligence avec d'autres béotiens, qui se retournent aussi pour voir passer *Renaudin de Caen.*

1

Ce sourire veut dire : « Vous reconnaissez Arnal?
nous aussi, nous l'avons reconnu : la preuve, c'est
que nous le suivons. »

Il n'est pas rare, non plus, que des individus fréquentent ces cafés, voisins inséparables des théâtres, exprès pour voir comme quoi les acteurs
déjeunent, boivent de la bière, jouent aux do-
minos.

Ils affectionnent particulièrement le *comique*, se
tiennent derrière lui en riant d'un rire étouffé, lui
offrent une chaise, lui donnent du blanc pour sa
queue de billard, relèvent son mouchoir.

Ces complaisances muettes finissent par toucher
le comédien, qui peu à peu salue l'habitué, consent
à lui accorder la poignée de main, et daigne un jour
le tutoyer.

Quand l'habitué est jeune et qu'il perd ainsi le
temps qu'il doit à son notaire, à son avoué, sa
famille dit ordinairement de lui : « C'est un mau-
vais sujet qui ne fera jamais rien, *il est toujours
fourré avec des acteurs.* »

L'actrice est un objet de curiosité bien autre-
ment recherché et convoité.

Le portier de sa maison donne rendez-vous aux
voisins dans sa loge pour la voir passer quand elle
se rend aux répétitions ; sur son chemin elle rencontre des figures de jeunes gens qui connaissent ses
heures et s'échelonnent dans la rue pour l'attendre.

A peine paraît-elle, qu'ils composent de loin leur
allure, tortillent les boucles de leurs cheveux, ai-
guisent leur regard, et, comme s'ils la voyaient
pour la première fois, disent, en lui faisant place
sur le trottoir et de manière à être entendus :

« C'est Déjazet! »

Le soir, au spectacle, on les retrouve au balcon,
à l'orchestre, élevant au-dessus de la foule deux
mains gantées, dont l'une se fatigue aux exercices
de la lorgnette, tandis que l'autre régularise les
plis d'une cravate ambitieuse. Il n'en est pas un qui
n'ait la prétention d'être reconnu dans sa stalle,
qui ne se croie l'objet d'une foule d'œillades et
d'agaceries.

Les choses vont de cette façon jusqu'au jour où l'actrice reçoit une lettre ainsi conçue :

« Madame,

» J'ai dix-huit ans, un cœur neuf et brûlant. Je » n'ai pas des milliards à déposer à vos pieds ; » mais je peux vous offrir un amour éternel et » sans bornes.

» Votre admirateur passionné,
» EDOUARD. »

« *P. S.* Comme je demeure chez mes parents, » ne me répondez pas à domicile. Envoyez-moi » poste restante une lettre dans laquelle vous me » direz si je dois vous attendre, dimanche prochain, » à une heure, au Luxembourg, sur le troisième » banc à gauche de l'allée de l'Observatoire. Vous » me reconnaîtrez à mon pantalon vert, à ma re- » dingote boutonnée, et au feu de mes yeux, qui » vous exprimeront ma félicité suprême. Si vous ne

» pouvez pas dimanche prochain, ce sera pour le
» dimanche d'ensuite. »

Autre lettre :

« Madame,

» *Frétillon* est si bonne fille, qu'elle voudra sans
» aucun doute connaître un bon garçon qui brûle
» du désir de la voir. Venez au magasin, faites
» semblant d'acheter des mouchoirs de batiste, et
» remettez-moi mystérieusement la réponse à la
» présente, afin de n'être pas remarquée des autres
» commis, qui sont un peu farceurs.

» EUGÈNE,
» Commis du *Cheval de bronze*,
boulevard des Italiens. »

Ils croient, les pauvres petits, qu'après le spectacle,
la chanteuse va jeter les éclats de sa voix à travers
le bruit et les fumées d'un souper, et broder de
gammes chromatiques le refrain d'une chanson à
boire ;

Que la danseuse ne dit pas un mot, ne reçoit
pas un baiser, sans faire un rond de jambe;

Qu'elle bondit dans son appartement, qu'elle bat
un entrechat pour prendre son châle dans une armoire, arrondit une suave pirouette pour fermer
la porte, et ne s'avance jamais vers son amant,
mollement couché sur un divan, sans exécuter
deux pas de basque et lui présenter une corbeille
de fleurs.

Frétillon leur apparaît toujours insouciante,
rayonnante, généreuse, *sablant le champagne*, et
roulant sa vie dans un torrent de folie et de gaieté.

Ils n'imagineront jamais que la chanteuse, ayant
passé la journée à filer des sons (exercice tellement
odieux aux voisins, qu'il est une cause de résilia-
tion de bail), chanté péniblement le soir dans trois
ou cinq actes, sort furtivement de son théâtre, en-
veloppée de vêtements chauds, et va se réfugier
dans son lit, contre les maux de gorge, extinctions
de voix, et autres calamités qui affligent la gent
musicienne;

Que la danseuse se prépare le matin par mille contorsions hideuses, telles que pliés, battements, qui l'exténuent, l'étouffent, la noient de sueur, aux grâces et aux succès de la représentation ;

Que, semblable au cheval de course, elle est ensevelie sous des monceaux de châles en rentrant dans la coulisse, et remonte péniblement, — sans vigueur, — sans légèreté, — sans sourire, trouver dans sa loge un peu de repos, et payer par une heure de suffocation un petit effet couronné d'applaudissements.

Quant à Frétillon, c'est une femme spirituelle à l'excès, mais non moins mélancolique, qui étudie laborieusement douze rôles par an, subit quatre heures de répétition par jour, et dîne bourgeoisement à cinq heures, parce qu'elle joue dans deux ou trois pièces.

Voilà la vérité, la vérité aussi prosaïque, aussi insignifiante qu'un décor vu de près.

Allez la dire, cette vérité, aux provinciaux, aux

lycéens, aux mineurs, clercs d'avoués, clercs de
notaires, élèves des écoles, à toute cette génération
de vingt ans qui voit la vie colorée d'un arc-en-
ciel de plaisirs ;

Pour qui le théâtre est un enfer de voluptés, un
capharnaüm de jouissances ;

Pour qui les danseuses sont des houris, des sylphides, des sultanes, des nymphes, des êtres dorés,
ailés, éthérés, gazeux, des papillons radieux, des
insectes diaprés, fragiles, méprisant la terre, volant
dans l'espace à travers une atmosphère d'essence
de Portugal, de patchouli, de vanille et de bouquet.

Ces infortunés novices ouvrent leurs naseaux
vierges quand vous parlez d'un premier sujet ;
leurs oreilles rouges et duvetées se dilatent pour
recueillir un détail de sa vie. Ils frémissent d'une
jalousie sourde s'ils savent que vous parlez à ce
premier sujet, que vous touchez, quand il vous
plaît, l'étoffe de sa robe ; ils vous assassineront d'en-
vie s'ils apprennent que vous lui baisez quelquefois
la main.

Être admis dans un théâtre quelconque, chez madame Saqui, par exemple, leur paraît au-dessus d'une présentation dans un salon du meilleur monde.

Pour eux, les coulisses d'un théâtre royal, c'est le paradis... de Mahomet, bien entendu ;

Et si, sans aucun ménagement, sans préparation, vous leur offriez de les conduire dans les coulisses de l'Opéra, ils tomberaient la face contre terre, frappés de vertige, asphyxiés de bonheur.

Il faut convenir que les grandes fredaines de nos pères n'ont pas médiocrement servi à poétiser l'existence des femmes de théâtre ; on nous a si souvent parlé de marquis ruinés par les danseuses, de fermiers généraux pressurés, tordus comme des éponges, jusqu'à la dernière parcelle d'or, de grands seigneurs pailletés qui mangeaient leurs patrimoines avec des Camargo, des Guimard, narguant à souper Dieu et le roi, secouant la poudre de leurs perruques sur des sofas à ramages !

Ces amours fardées, en paniers, en mules, en robes de Pékin, ces amours *rocaille* étaient l'histoire de la ville et de la cour.

Ce fut assez longtemps l'histoire de France.

Avoir une comédienne était un luxe si indispensable, que le maréchal de Saxe, cet homme de sabre, cet Hercule qui, d'un coup de poing, envoyait un boxeur dans un tombereau de boue, aux grands applaudissements de la populace de Londres, le maréchal de Saxe se fit amener madame Favart jusque dans la tranchée de Maëstricht.

Ainsi, jusqu'à la fin du dix-huitième siècle, c'était l'usage. Les ducs et pairs, les mousquetaires, les cadets de famille, les petits abbés trouvaient chez les comédiennes le plaisir, la ruine et l'esprit, toutes choses aristocratiques que la révolution sépara si bien de la profession du théâtre, que les pauvres actrices furent forcées de faire de l'art et rien de plus.

Cependant tous les hauts jacobins ne furent pas purs de relations de ce genre, et l'hypocrite sentimentalité de leurs principes publics donnerait une fausse idée de leurs mœurs privées. Mais c'était de la simple débauche, sans générosité, sans grandeur, sans argent.

Une actrice célèbre, mademoiselle R...., qui avait cédé aux pressantes instances d'un terroriste fameux, crut remarquer un jour que la voix de son amant était douce, sa figure humaine; le moment lui sembla bon pour glisser une demande :

— Citoyen, dit-elle, que me donneras-tu pour ma fête?

— Je te donnerai la vie, répondit-il.

Avec le directoire et sa réaction reparurent les folies du luxe et les grandes dissipations.

Quelques émigrés rentrés en possession de leurs têtes et d'une partie de leurs biens non vendus, des généraux enrichis par le sac des villes enne-mies, songèrent à mener joyeuse vie.

Ce fut un débordement à n'y pas croire :

A proprement parler, on jetait l'argent par les fenêtres; les maisons de jeu regorgeaient d'hommes passionnés qui perdaient sur un coup de roulette tout le butin d'une campagne, les galons de leurs uniformes, les dragonnes de leurs sabres, et qui jetaient au peuple, par la fenêtre du 113, des poignées de louis prélevées sur un coup gagné.

Les restaurateurs faisaient fortune; les hommes de ce temps-là mangeaient comme s'ils avaient fait diète depuis 93. M. R. S. J. D. dépensait tout seul à son dîner 100 francs, et l'on nous montrait, il n'y a pas dix ans, chez Véry, un garçon qui recevait chaque jour 20 francs d'étrennes, parce qu'il avait l'honneur de servir ce dîner de Gargantua.

Les femmes, les actrices surtout, ne furent pas négligées au milieu de ces réactions du plaisir, et les hommages les plus magnifiques vinrent s'entasser à leurs pieds.

Le faste de l'empire et de ses grands dignitaires leur continua cette vie d'opulence et de recherche.

Or, sous le directoire et sous l'empire, florissait la célèbre Cl...; c'était une danseuse grande, belle, au visage grave et voluptueux, à la taille aussi souple qu'une branche de saule; on disait alors que mademoiselle Georges était une belle statue, et Cl... une belle créature.

Ses cheveux, blonds et purs comme de l'or, couronnaient un front mat au-dessous duquel s'enchâssaient deux yeux de saphir.

Sa tête se balançait mollement comme une aigrette sur un cou long, élégant et fier.

Les amateurs du temps parlent encore, les larmes aux yeux, mais de ces larmes qui attestent le regret d'une belle sensation perdue, d'un certain mouvement de hanche indescriptible, qui donnait à tout le corps de Cl... un frémissement d'ineffable volupté.

Quand elle levait les bras et se penchait pour commencer une pirouette, quand cette élévation des bras laissait voir librement tout le dessin du corsage, et que l'inclinaison du corps faisait saillir la hanche de cette délicieuse femme, il paraît que c'était un tableau à se brûler la cervelle.

On ne dit pourtant pas que personne lui ait fait le sacrifice de sa vie, mais on cite plusieurs individus qui lui offrirent de plus utiles holocaustes, et qui gaspillèrent des millions pour avoir le droit de l'aimer.

Le plus brillant, le plus noble, fut le prince Pignatelli, comte d'Egmont, Espagnol, porteur d'un grand nom, possesseur d'une immense fortune et doué des plus beaux instincts d'élégance.

Ce fut lui qui fit venir de Londres la première berline à ressorts anglais. Cette voiture basse, commode et remarquable par sa coupe, fit dans le temps une grande impression.

Ce fut lui encore qui, au grand bal donné par les maréchaux, se présenta dans trois toilettes différentes, dont la richesse défraya les conversations de toute une semaine.

Dans le cours de ses galantes prodigalités, le prince Pignatelli devait rencontrer la belle et dépensière Cl.... Il lui créa un état de maison éblouissant, lui fit un revenu annuel de 1,200,000 francs,

lui donna les plus riches équipages pour Longchamps, dans un temps où Longchamps était quelque chose.

Mais Cl... avait le cœur si bon, l'âme si chari-
table, il lui arrivait si souvent, par paresse, par
générosité, de donner à son cordonnier 1,000 francs
d'une paire de souliers pour n'avoir pas à changer
un billet;

Elle était si compatissante aux misères de la petite population théâtrale, des comparses, des figurantes, des choristes, que les magnificences du
prince Pignatelli ne suffisaient pas à tant de besoins
honorables.

L'amiral espagnol Mazaredo vint aider Cl... dans
ses charités, et augmenta de 400,000 francs son
modeste revenu.

A ces nouvelles largesses de Mazaredo s'ajoutè-
rent bientôt les petites galanteries de M. Pu..., qui
venait s'asseoir seulement à côté d'elle à trois heures pendant son dîner.

Cette espèce de commensalité inactive ne se

payait pas moins de 100,000 francs par an. Total 1,600,000 ou 1,700,000 francs.

Pauvres danseuses d'aujourd'hui, lisez cette insolente addition, et dites avec douleur :

La danse est perdue !

On cite de Cl... des particularités de luxe vraiment surprenantes. Elle habitait, rue Ménars, un appartement qu'avait occupé mademoiselle Bourgoin, de la Comédie-Française.

A cette époque, Paris était grec; on décorait les appartements comme les palais d'Agamemnon.

Les tentures à la grecque de l'appartement de Cl... étaient en drap de Sedan à 70 francs l'aune.

Son lit, bas et nécessairement aussi de forme grecque, avait coûté 9,000 francs; le couvre-pieds n'était autre chose qu'un cachemire noir de 15,000 francs.

L'estrade de ce lit était recouverte d'un autre cachemire d'une valeur énorme; enfin, le tapis perse de la chambre ne coûtait pas moins de 6,000 francs.

Les statues, les bronzes, pris à l'Italie, se heurtaient dans ce gynécée et composaient les menus accessoires d'un mobilier inestimable.

Hélas! la pauvre Cl... n'en était pas moins crucifiée, au milieu de son luxe sardanapalien, par une étrange préoccupation.

La nature, qui s'était épuisée à réunir tant de perfections, avait laissé, dit-on, une tache dans ce bel ensemble. Cl... eût été une demi-déesse, si elle avait posé immobile sur un piédestal d'agate ou de malachite;

Mais il fallait danser,

Et la malheureuse bayadère ne pouvait se dissimuler que l'ébranlement causé par cet exercice diabolique portait un trouble notable dans l'économie de ses émanations corporelles.

Henri IV, dans sa rudesse béarnaise, se serait servi, comme il fit jadis, de l'expression propre pour qualifier cet inconvénient. Plus polis, les gens de l'Opéra se disaient tout bas que Cl... laissait après elle la trace d'un parfum mal corrigé par le musc dont elle faisait abus.

2

Un convoi misérable traversa un jour Paris. C'était celui de Cl..., qui mourut pauvre et oubliée.

Mais que sa vie fut belle !

La grande époque pour les femmes de plaisir et d'argent ! Quel éclat ! quel prestige entouraient ces femmes adorées à prix d'or, disputées à coups d'épée, pleurées par des ambassadeurs, des maréchaux, des rois !

L'empereur, comme on le sait, ne s'épargnait à aucune besogne quand l'exigeait le bien de l'État ou le plaisir de ses sujets. L'homme qui data de Moscou les règlements de la Comédie-Française apprit un jour que le corps de ballet de l'Opéra allait diminuant chaque jour.

Blasés sur les Allemandes, les Italiennes, les Transylvaniennes, les Prussiennes, les Badoises et les Wurtembergeoises, les braves de son armée revenaient volontairement à la Française, et, affamés de conquêtes faciles en amour comme en guerre, ils s'abattaient comme des éperviers sur le corps de ballet.

Ces liaisons projetées pour un jour devenaient quelquefois durables. Les guerriers impériaux, ces hommes à grandes moustaches et au cœur facile, qui *cravachaient* et adoraient les femmes, s'attachaient souvent à de simples figurantes, qu'ils retiraient du théâtre, emmenaient avec eux en campagne, au diable ou ailleurs.

Bref, on ne les revoyait plus : les plus belles avaient disparu par suite de ces réquisitions militaires.

Les recrues devinrent rares, puis introuvables.

Un jour, l'empereur voulut assister à une représentation de l'Opéra pour juger de la laideur et de la décrépitude des figurantes que la fureur de ses hommes d'armes avait respectées.

Il ne cessa de crier avec impatience :

— Quelles horreurs! d'où viennent ces femmes? qu'on en ait d'autres!

Le soir même, le ministre de la police reçut l'ordre de lever une conscription générale dans tous les établissements qui, alors comme aujourd'hui, étaient confiés à la vigilance de l'autorité.

La levée en masse de dix-huit à vingt-cinq ans fut exécutée le lendemain, et à la représentation suivante, on fut étonné de voir l'honorable corps des comparses femelles recruté de créatures superbes, gigantesques.

Le ministre avait fait choisir de véritables grenadiers.

La gaucherie et la maladresse de ces novices fit rire d'abord; quelques-uns de leurs clients les reconnurent : on rit plus fort, on les nomma tout haut par leurs noms au milieu d'une hilarité générale :

On finit par trouver la mesure utile.

Cette génération de figurantes dura jusqu'à l'invasion des alliés, qui en firent :

De grandes dames,

Des princesses russes,

Des mères de famille respectées.

Sous Napoléon, les grands satellites qui gravitaient autour de l'étoile impériale venaient seuls dans les coulisses de l'Opéra resplendir de l'éclat de leurs broderies et de leurs crachats.

Les ambassadeurs étrangers y étaient également admis; mais, en général, ces colosses de gloire et de puissance dédaignaient ce privilége, et leurs réunions avaient lieu dans les loges somptueuses de ces dames.

La restauration tenta de conserver à l'Opéra et à son personnel ces grandes apparences de privilége royal et le libertinage princier. Des hallebardiers gardaient les portes des foyers et en défendaient l'entrée.

La nouvelle cour, après s'être ruée dans les antichambres et avoir songé aux affaires, se rua dans les coulisses pour s'occuper un peu de plaisirs.

Un prince du sang, que des raisons de convenance nous permettent seulement de désigner, mais dont personne n'ignore le nom, s'y distingua un des premiers. Il dépensait gaiement les derniers instants d'une vie dont l'exil avait dévoré les plus

belles années, et que la mort devait terminer si
cruellement.

Ses conquêtes furent nombreuses, rapides,
bruyantes. On en parla beaucoup, on en parle encore; car il existe de ses passions plus d'un témoi-
gnage vivant.

De hauts personnages, des généraux, s'inspirè-
rent de son exemple, et, trouvant commode que
l'empire eût créé des traditions si galantes, ils se
partagèrent le corps de ballet comme on s'était
distribué les préfectures, les cordons, les grandes
charges de l'État.

L'époque ne fut vraiment pas malheureuse pour
ces dames : la plupart avaient déployé peu d'esprit
national à l'approche de l'invasion. Quelques-unes
avaient peu résisté aux assauts de l'armée alliée,
et capitulé plus vite que Paris, qui, pourtant, ne
put se défendre que trois jours. Leurs positions
particulières s'étaient embellies dans nos désastres
publics : il existe encore plus d'un écrin où bril-
lent des bagues, des colliers d'origine moscovite.

Les hauts dignitaires de Louis XVIII se firent à leur tour généreux comme ils purent ; leurs fortunes, leurs traitements, se convertirent en diamants, en cachemires, en petits hôtels ornés d'un acte de donation.

D'un côté, la guerre avait profité à ces dames, car les Baskirs couverts de fer étaient commandés par des officiers qui avaient de l'or ; d'un autre côté, la paix amena un résultat non moins favorable ; car alors s'établit, entre Londres et Paris, ce système d'échange de danseuses qui permet d'avoir un amant en France qu'on trompe en Angleterre, et *vice versâ ;* espèce de fidélité trimestrielle dont s'accommodent les amateurs des deux côtés du détroit.

Ainsi, la bienheureuse paix qui nous rendit le sucre rendit aux Anglais les danseuses françaises.

Nos voisins reçurent très-bien nos arrivages, et leur reconnaissance se traduisit en cadeaux somptueux : leurs magnificences firent tant de bruit,

que la verve de nos chansonniers et de nos vaude-
villistes s'en émut, que les caricatures nous repré-
sentèrent de gros Anglais donnant un sac d'argent
à une nymphe d'opéra, et recevant dans le nez un
ingrat coup de pied, et qu'enfin *milord* devint chez
nous le synonyme de gros homme à grandes guêtres, aspergeant les femmes de guinées et de *bank-
notes*.

Ces plaisanteries ont fini par piquer les insu-
laires, et l'on remarque avec douleur à l'Opéra que
les captures d'Anglais deviennent chaque jour plus
difficiles pour nos pirates en jupon.

Il y a quinze ans, une grande passion, survenue
à un puissant personnage, et partagée par la personne qui en fut l'objet, fit demander à tout le
monde si l'Opéra allait nous offrir une série de
chapitres à la Werther.

La personne en question était belle, sentimen-
tale, langoureuse et dévote.

Le personnage, vieux.

Cette passion périt par son propre excès, et l'on

sait que la mort fit subitement un cadavre d'un amant trop présomptueux et trop novateur.

La pauvre veuve pleura longtemps; elle se consola, mais pour pleurer encore, car le destin, qui en veut à ses amours, vint loger une balle suicide dans la tête du nouvel adorateur, jeune cette fois.

Depuis lors, cette femme, dont les yeux de velours semblent toujours noyés dans un fluide lacrymatoire, ne danse plus pour personne, mais pour l'amour de Dieu : loin de son pays, elle prête sans murmurer, belle encore, son visage fatal à toutes les grimaces mimiques que lui impose le répertoire actuel; les consolations lui coûtent trop cher à elle et à ceux qui les lui apportent.

C'est un magnifique palais sans habitants : c'est Versailles.

Il est une ruine que je comparerais assez volontiers au monument de la rue Richelieu, lequel fut détruit par ordre des Chambres avant d'avoir reçu sa destination. L'honnête et inintelligent autocrate

que la restauration avait préposé à la garde des
jupes de l'Opéra, fut longtemps soupçonné d'avoir
déchiré le voile d'innocence qui protégeait la vertu
de mademoiselle Jul...

C'est une calomnie de l'époque, une invention
de petits journaux malfaisants.

L'autocrate, qui avait établi deux escaliers, un
pour les hommes, l'autre pour les femmes, et al-
longé d'un tiers les robes du corps de ballet, était
sérieusement trop moral pour rêver les joies du
paradis, au risque d'envoyer une âme en enfer.

D'autres suppositions, non moins injustes, ont
été faites depuis. Il faut le proclamer : mademoiselle Jul... est une ruine immaculée de trente-six
ans sonnés.

Nous passerons rapidement sur une liaison dont
les témoignages sont publics et quotidiens, qui se
produit au spectacle, en voiture, à la ville, à la
campagne, et date d'une douzaine d'années.

Ce couple, qui a tout le confortable et la bonne

mine d'un mariage heureux, malgré la dispropor-
tion des âges, mérite par sa constance un peu de
discrétion de notre part.

C'est d'abord un amour respectable que celui
d'un homme excellent, haut placé, qui déjeune
avec des maîtres de ballet, qui cajole les compo-
siteurs pour faire raccourcir ou allonger l'*écot* de
l'objet aimé, qui graisse la patte toujours si grasse
d'un coiffeur, qui donne du tabac de contrebande
aux priseurs, des oranges, de l'angélique, des
poussahs, aux enfants des chefs de service, qui fait
des visites, donne de l'argent aux journalistes ga-
gés, aux portiers, aux allumeurs, à tout le monde,
et qui n'en garde pas pour lui.

Nous ne parlerons pas non plus de l'ascendant
inouï qu'une petite femme, ronde, blanche... jolie?
— non, elle en convient la première, — prit sur
certain directeur hébété de ses charmes. Le règne
de madame Mon... dura deux ans.

La révolution de juillet a modifié la charte des
théâtres; l'Opéra cessa d'être royaume de droit

divin ; enlevé à la maison du roi, qui le gouver-
nait par des satrapes de son choix, il tomba entre
les mains d'une entreprise particulière, avec
cautionnement, subvention fixe et réglée.

Ce nouveau régime eut pour effet de tuer sur
place le crédit des patrons et protecteurs de la
cour.

Il en résulta d'abord :

Que ce qui nous reste de grands seigneurs con-
sidéra l'Académie royale de musique comme un
domaine national vendu par les révolutionnaires,
et dans lequel ils n'avaient plus le droit de bâtir,
planter, semer et récolter ;

Que les hommes du gouvernement nouveau,
n'ayant conservé aucune action sur la manipula-
tion intérieure des affaires de l'Opéra, n'eurent
même pas assez d'autorité pour y placer une ouvreuse.

Quant aux administrées du directeur, elles se
firent le raisonnement suivant et dans les termes
que voici :

« La révolution a été faite contre les gentils-hommes, contre les sinécuristes à gros traitements, prodigues, débauchés et bourreaux d'argent, comme on dit :

» Donc la révolution a été faite contre nous.

» Sous l'empire, on trouvait que l'amour d'une danseuse valait 100,000 francs par mois. Les dernières années de la restauration ont offert déjà plus d'un exemple d'une femme s'estimant assez peu pour recevoir 30,000 francs par an.

» En voilà bien d'une autre, à présent !

» Nous allons voir arriver des marchands de chandelles, des fabricants de bobines de soie, des débitants de fil en écheveaux, des députés, des maquignons, des pairs de France sans majorats, qui nous offriront, tous les trente et un du mois, un ignoble billet de 500 francs, tout sec, tout gras, jamais plié dans un écrin, et, au 1er janvier, un cachemire français à fond vert cru ;

» Tenons-nous bien.

» Juillet ne nous entamera pas; nous ne mange-
rons pas un pareil pain.

» La vertu a ses charmes; soyons vertueuses.

» Arrière! truands enrichis! laissez-nous. Pouah!
que sentez-vous donc?

» La chandelle, la graisse, la boutique, l'usine,
l'économie, l'industrie!

» Arrière! députés de province; vous infectez l'ordre du jour, le rapport, les lois d'intérêt local, l'impériale de la diligence, la paille de l'omnibus! Allez faire votre guerre aux abus, voter des chemins
de fer, étrangler des budgets, paperasser, avo-
casser; il n'y a rien à faire ici pour vous, vilain
monde que vous êtes! *nescimus vos.*

» Qui nous a donc fait des ministres pareils? des
fonctionnaires à 80,000 francs? Sauvez-vous, pauvres hères! lieutenants généraux réduits à votre
solde!

» Savez-vous pas que nous avons vu ramper sur
nos paillassons, caché dans des armoires, mis à la
porte de grands cordons rouges, commandants de

quatre ou cinq places, gouverneurs de cinq ou six châteaux, inspecteurs d'une infinité de choses qui n'existaient pas, titulaires d'une quantité d'emplois, représentant un revenu de 200,000 francs, qui existaient fort bien.

» Petites gens, vivez avec vos femmes légitimes ; mariez vos filles à des sous-lieutenants, faites à vos fils de hautes payes de 50 francs par mois, et laissez-nous notre vertu, puisque vous n'en pouvez donner le prix.

» Tout se paye, pourquoi la vertu n'aurait-elle pas un cours comme les actions de la Banque ? Nous n'avons pas besoin de vos adorations ; nous sommes plus riches que vous en nous renfermant dans notre coque, en vivant dans le chiffre de nos appointements, de nos feux, et en vendant nos bijoux.

» Nos mères feront la cuisine, qu'elles n'ont pas oubliée ; nos pères iront nous chercher des fiacres sur la place ; quant à nos filles, nous élèverons celles que nous avons dans la crainte de M. Mazi-

lier et du directeur, dans le respect de la concierge,
madame Crosnier, et dans l'amour des Anglais.
Vous serez bien malins, par exemple, si vous
nous prenez à en faire d'autres!

» Bonsoir, révolution de Juillet : économise, ro-
gne, taille, écris ta dépense ; pullule, engendre des
petits êtres libéraux, à qui tu apprendras l'horreur
des abus et des danseuses ; nous n'avons rien à dé-
mêler avec toi ; nous allons seulement t'imiter.

» Nous aussi nous serons rangées, *pot-au-feu ;*
nous n'aurons pas une robe neuve, pas un chapeau, pas un châle ; les femmes ne doivent pas
acheter de ces choses-là.

» Nous ferons teindre nos chapeaux de paille d'I-
talie de l'an dernier, repriser nos cachemires, re-
tourner nos robes ; nous placerons les deux tiers
de nos appointements ; et, puisque vous voulez des
citoyens utiles, des contribuables ; puisque vous ne
regardez pas à la naissance, nous ferons de nos fils
des huissiers, des avocats, qui sauront bien glapir
comme les vôtres et se marier avec nos héritages.

» Et un jour, quand on demandera où en est la génération de mademoiselle ***, danseuse de l'Opéra, on n'en trouvera pas la trace parmi tant d'alliances honnêtes et respectables. »

Dans cette longue imprécation, exhalée en termes peu mesurés, nous ne prendrons qu'un mot, qui caractérise la position actuelle : c'est qu'à cela près de quelques exceptions, que nous dirons tout à l'heure,

L'Opéra s'est fait *pot-au-feu*.

De cette disparition complète des adorateurs à l'humeur grande et généreuse, et de cette résignation forcée à l'économie et au placement, est résultée naturellement une disposition au mariage, à l'accouplement d'individus exerçant la même profession.

Désespérant de l'élégance et de la grandeur, ces dames se sont forgé des félicités d'épiciers, en compagnie d'un époux de leur classe.

En mettant ensemble les revenus de la femme et du mari, en prélevant là-dessus une bonne part

pour les économies, elles ont entrevu dans l'avenir
une petite maison de campagne, en pleine poussière du bois de Boulogne, une petite calèche re-
morquée par un seul cheval, et remplie d'enfants
barbouillés de confitures.

Aujourd'hui donc, il y a chez les femmes de
théâtre une tendance générale à mépriser des hommages devenus trop mesquins, et à choisir des
époux parmi les hommes qui vocalisent le matin
avec elles; qui, le soir, leur serrent la main en *mi
bémol*, et se poignardent pour elles en *ut majeur*,
ou parmi ceux qui les enlacent dans des poses
anacréontiques, qui leur battent des entrechats à
la hauteur du nez, et confectionnent avec elles des
ronds de jambes et des pirouettes.

Cette habitude de vivre, de travailler, de voyager ensemble, de confondre sa voix, son haleine,
de s'embrasser, de se tutoyer, avait, de tout temps,
fondé un privilége qui primait celui des amants du
dehors, lesquels veulent tout avoir pour de l'argent.

Et c'est bien à tort qu'on a comparé les coulisses d'un théâtre à un sérail, attendu que pas un homme n'y joue le personnage le plus nécessaire à la tenue d'un sérail.

Mais aujourd'hui ces badinages illégitimes ont disparu pour faire place à des unions sérieuses et consacrées par la loi.

Nous voyons successivement tout l'Opéra s'en-régimenter sous les drapeaux de l'hymen, et des femmes, que n'a même pas souillées une proposi-tion déshonnête, jurer, par-devant M. le maire du deuxième arrondissement, fidélité à l'époux de leur choix.

C'est ainsi que mademoiselle Noblet épousa M. Du-pont, chanteur ;

Que mademoiselle Dorus épousa un violon de l'orchestre, M. Gras ;

Et mademoiselle Leroux mit sa main dans l'é-norme main de cet excellent homme de Dabadie, si patriote dans la *Muette* et dans *Guillaume Tell*.

Ce furent de bons ménages bourgeois, qui considéraient l'Opéra comme une exploitation à laquelle ils concouraient, moyennant une rétribution honnête de leur talent.

Ces personnages-là ont une maison convenablement tenue, un agent de change, un uniforme de garde national, avec ou sans sac, portent le deuil de leurs parents morts, font leur devoir, ou soutiennent des procès avec leur directeur quand ils ne le font pas, et ne conservent rien de la physionomie folle, désordonnée, bohème, des comédiens d'autrefois.

Leur exemple gagne de jour en jour, surtout dans les autres théâtres, et s'il ne profite pas plus à l'Opéra, c'est qu'il y a des traditions plus invétérées, des souvenirs de galanterie plus tenaces, et que d'ailleurs l'Opéra se divise en deux corps d'armée, celui de la danse et celui du chant, et que si le chant élève l'âme et la purifie, il faut croire que la danse amollit le cœur et tourne la tête.

Notre compte avec le chant n'est pas long à régler : les premiers sujets sont mariés ou à marier, et ne s'occupent que de rentes, d'actions de canaux et autres valeurs de placements.

Quant aux choristes, parlons des femmes : ce sont d'honnêtes personnes, dont la plupart n'affichent pas de prétention à la beauté.

Les choristes, hommes et femmes, ont un foyer spécial, dans lequel ne vont jamais, et pour les causes ci-dessus, les habitués des coulisses.

Les hommes sont ou de vieux musiciens dont la carrière s'est arrêtée là, dont l'ambition se borne à dire :

— Jurons !

— Oui, tous !

— Si parmi nous il est des traîtres !

— Arrêtons, saisissons ce guerrier téméraire !

Et autres choses qui ne se disent qu'à plusieurs ;

Ou des jeunes gens, élèves du Conservatoire, qui laissent former leurs voix et nourrissent l'espoir d'aborder *notre grande scène lyrique*, style de journaux.

Autrefois, les chœurs se plaçaient sur deux rangées, à droite et à gauche, et restaient immobiles, hommes et femmes, sans prendre aucune part à l'action qui se consommait dans ce cercle de momies chantantes.

Les systèmes nouveaux de mise en scène ont donné, à tout ce monde, du mouvement, des épées pour les tirer du fourreau, des poignards pour les brandir en l'air, des bras pour étrangler le premier sujet, dans l'occasion; des jambes pour courir à la délivrance de Naples ou de la Suisse.

Parmi ceux qui se sont démenés avec le plus de conscience, il faut compter le père Gontier, vieux chanteur de province, qui donnait à ses bras une langue télégraphique, à sa figure tantôt une expression de rage concentrée, tantôt de courage noble et fier; peu lui importait la place, il exprimait toujours quelque chose; qu'il fût sur le devant de la scène, qu'il fût au fond du théâtre, derrière les autres, inaperçu de tous, dans la foule, il aurait cru se manquer à lui-même s'il n'avait con-

tracté ses traits par la colère, le mépris, la haine ;
mais son expression favorite était celle d'un dé-
dain amer : il était magnifique dans les insurrec-
tions.

Venons au ballet :

Le ballet se divisait, autrefois, en *premiers sujets*, *remplacements*, *coryphées*, *figurantes* et *comparses*. Cette division n'est plus observée dans
toute sa rigueur. Ainsi, l'on voit des *premiers sujets* servir de *remplacements*, et des *coryphées* sor-
tir tout à coup, sans début, des rangs de la masse,
pour remplacer un premier sujet.

La vie des premiers sujets est tout entière dans
leurs intrigues de théâtre, dans la question des appointements, des feux et des rôles à emporter sur
des rivales : leur vie est fort insignifiante. C'est
une amourette sans faste, un mariage fou, une fai-
blesse pour M. P....., le plus beau danseur, et
l'homme le plus laid des temps modernes, une
appréciation passagère des formes de M. B..., tout,

enfin, excepté ce qui composait jadis l'existence royale des danseuses de l'Opéra.

L'une, dont nous avons parlé, continue paisiblement une liaison, la plus ancienne de l'Opéra ; liaison qui lui a valu de tout temps une protection efficace et à toute épreuve ;

L'autre a trouvé depuis longtemps son fait dans un jeune premier d'un autre théâtre.

Une troisième est paisiblement mariée ; mademoiselle Le... pleure ses fautes dans le sein de Dieu, et mademoiselle Jul... pleure, sur le sein de sa mère, les fautes qu'elle n'a pas voulu commettre.

A propos de mère, c'est un être bien digne d'être observé à la loupe, que la mère d'une danseuse.

S'il est prouvé que l'on n'a pas toujours un père, mais qu'on a toujours une mère, c'est surtout des danseuses qu'il faut le dire ; une danseuse en a toujours une.

Si la Parque vient trancher le fil des jours de sa mère, il faut à tout prix qu'elle en trouve, qu'elle en emprunte, qu'elle en loue une autre : la mère est morte! vive la mère! C'est un ustensile de première nécessité.

La mère tient le mantelet de sa fille, dans la coulisse, la regarde danser, lui couvre les épaules quand son pas est fini, lui offre un petit carafon rempli de bouillon froid, qui la désaltère et la fortifie.

La mère est encore utile quand la fille est obsédée de fades et stériles assiduités; elle accourt comme une lionne griffer le ravisseur de son enfant.

Quand la fille voit luire l'amour d'un homme bien lesté de quadruples, de florins ou de *bank-notes*, elle se rejette sur sa position de mineure, et renvoie le soupirant s'expliquer par - devant sa mère.

Là, après avoir essuyé une scène d'attendrissement, dans laquelle on explique que des revers de fortune ont pu seuls conseiller la profession du théâtre, le bienfaiteur est amené à se prononcer :

le plus souvent, il promet tout, des revenus, des meubles, des rentes dans l'avenir ; il promet tout : le Pérou, Golgonde, le Visapour.

On l'arrête sur place.

« L'avenir n'est à personne, le présent est à nous :
» ma fille et moi, nous nous adorons comme deux
» sœurs ; nous séparer, c'est nous ôter à chacune
» la moitié de la vie ; moi, plus raisonnable qu'elle,
» je me résignerai à ce sacrifice, si vous consentez
» à lui assurer un sort. Il lui faut trois ou quatre
» mille livres de rente : secouez un peu votre for-
» tune, et faites-en tomber ce grain de poussière. »

A cette proposition, qui représente quatre-vingt mille francs, on dit que les uns deviennent verts comme des grenouilles, les autres blancs et mats comme des vers à soie.

Il y en a dont les cheveux se dressent et offrent la surface d'une étrille.

On en voit qui éprouvent, dans le diaphragme, le travail d'un moulin à vent, et qui demandent un verre d'eau sucrée.

Quelques-uns rient comme des singes fous, ou pleurent comme un cerf aux abois.

On en cite fort peu qui sautent au cou de la mère, et accueillent cette demande d'un sort qu'on appelle l'*entrée de jeu*. C'était pourtant l'usage autrefois, mais que de bons usages perdus, sans compter celui-là !

Une des plus singulières manies qui soient survenues à l'esprit des hommes qui fréquentent les théâtres, c'est la prétention

D'être aimés pour eux-mêmes.

Désespérant de trouver une pareille stupidité dans les bayadères du premier ordre, criblées de billets doux, dévisagées par trois cents lorgnettes, fortifiées à la Vauban par des mères habiles, on les voit depuis quelque temps, pour éviter l'*entrée de jeu*, qui leur semble une humiliation, s'abattre sur des figurantes subalternes qui n'exigent, pour *entrée de jeu*, qu'un souper ou un tartan.

Au milieu des masses que développe la grandiose et fastueuse mise en scène de l'Opéra, le public a pu remarquer de petites femmes qui agitent les jambes, qui élèvent les bras, et font à peu près quelque chose qui ressemble à la danse; d'autres qui marchent bêtement et simplement; qu'on nous pardonne ici d'employer, pour désigner ces deux espèces, deux mots du vocabulaire théâtral : si l'on excuse cette licence, on ne sera peut-être pas fâché de savoir que les premières s'appellent *rats;*

Que les autres, nommées autrefois comparses-femmes, ont fini par s'appeler *marcheuses :*

Le *rat* est élève de l'école de danse, et c'est peut-être parce qu'il est enfant de la maison, parce qu'il y vit, qu'il y grignote, y jabote, y clapote;

Parce qu'il ronge et égratigne les décorations, éraille et troue les costumes, cause une foule de dommages inconnus et commet une foule d'actions malfaisantes, occultes et nocturnes, qu'il a reçu ce nom passablement incroyable de *rat.*

Marcheuse : ce sobriquet est logique, il exprime l'emploi de celles qui le portent; tandis que le *rat* est destiné à former des groupes dansants, de génies, d'amours, de sylphides; la *marcheuse* ne fait que parader avec des costumes de pages ou d'icoglans.

D'abord le *rat* est tout jeune.

Certaines gens du dehors appellent rats de grands êtres qui n'ont rien de l'exiguïté et de l'inconsistance de ce petit animal, et il y a des jeunes gens de famille qui ne désabusent pas leurs parents, quand ceux-ci, en parlant de grosses diablesses de trente ans leur reprochent *leur rat de l'Opéra.*

Le vrai *rat*, en bon langage, est une petite fille de sept à quatorze ans, élève de la danse, qui porte des souliers usés par d'autres, des châles déteints, des chapeaux couleur de suie, se chauffe à la fumée des quinquets, a du pain dans ses poches, et demande dix sous pour acheter des bonbons.

Le *rat* fait des trous aux décorations pour voir le spectacle, court au grand galop derrière les toiles de fond et joue aux quatre coins dans les corridors;

Il est censé gagner vingt sous par soirée, mais,

au moyen des amendes énormes qu'il encourt par ses désordres, il ne touche par mois que huit à dix francs et trente coups de pied de sa mère.

Le *rat* reste *rat* jusqu'à l'âge où il prend le nom d'artiste, jusqu'à l'âge où il ne demande plus de bonbons, et reçoit des bouquets.

La *marcheuse* a vingt ou vingt-cinq ans, elle est petite ou grande, toujours grasse, agréable à l'œil, n'apprend rien, ne sait rien, et ne vit pas du théâtre.

Parmi les amusements favoris du *rat*, il faut citer la célébration de la Sainte-Catherine, le 25 novembre :

Jamais la Sainte-Catherine n'est plus brillante que quand, par bonheur, on joue *Robert le Diable*. Prenons donc pour exemple le 25 novembre 18..; on jouait, cela est bien entendu, *Robert*.

Il fallait beaucoup de choses : du punch, des gâteaux, un local; c'est-à-dire de l'argent pour acheter les comestibles, du temps pour danser.

Or, le temps ne manquait pas : car *Robert le Diable* a un excellent quatrième acte à deux personnages et dont la durée, ajoutée à deux entr'actes, compose le total d'une heure.

Voici pour le temps.

Quant à l'argent, chacun a boursillé selon ses moyens.

Les hommes ont fait une petite saignée à leurs minces appointements.

Parmi ces dames, coryphées, figurantes, *marcheuses, rats,*

Celles qui sont établies en *petits ménages* offraient : — 5 francs ;

Celles qui ne savaient pas encore quand on les trouvera jolies, offraient : — 1 sou.

La collecte fut bientôt faite.

Dès le commencement du spectacle, une députation composée de *chie-en-lit* forts piquants, choisis parmi les plus espiègles des petits figurants, était venue exécuter une sérénade à la porte de toutes les loges féminines,

Cette marche, à travers les couloirs les plus tor-
tueux, était conduite par un gamin fameux dans
les coulisses, sous le sobriquet de *l'abonné*. C'est un
de ceux qui se *révoltaient* le mieux dans la *Muette*.
Il avait huit ans.

L'abonné était déguisé en commissaire, et il in-
vitait toutes ces demoiselles au bal qui allait se
donner.

Quelle jolie chose que ce bal!

Dans une chambre de vingt pieds carrés était
dressée une table sur laquelle l'orchestre grinçait
de toutes les cordes d'un violon et hurlait par tous
les trous d'un flageolet enrhumé. Un bonnet pointu,
une robe d'avocat, une mitre, une veste de pierrot,
les déguisements les plus fous, affublaient les musiciens. Les danseurs avaient gardé leurs costumes
de *Robert;* seigneurs, pages, prêtres, soldats, non-
nes et moines, tous les rangs, toutes les transpira-
tions se confondaient.

Deux faux gendarmes faisaient la police.

Il y a eu quatre contredanses.

De peur de compromettre la responsabilité des gendarmes, il ne faut pas définir le caractère de la danse qui a eu le plus de faveur ; mais on comprend, de reste, que de jeunes élèves saturés des préceptes de la *danse noble* se complaisent au laisser-aller d'un genre moins sévère.

Par son style très-onduleux, une jeune personne, mademoiselle P..., qui est depuis allée mourir en Californie, mérita les hourras furieux de l'assemblée, et d'un suffrage unanime fut proclamée la reine du bal.

Le *rat* aime assurément la danse, mais il met son suprême bonheur à grignoter, à laper n'importe quoi, des poires, des noix, des nèfles (ah ! les nèfles !), du coco, de la bière, ce qu'on veut, ce qu'il trouve.

C'est avec regret, sans doute, mais non sans plaisir, que de la salle de danse on a couru vers les buffets.

L'aristocratie est allée boire pompeusement son punch vitriolé et croquer ses insolents biscuits.

4

La bourgeoisie a débouché son cidre et dévoré sa nourrissante galette.

Le pauvre fretin s'est partagé des objets sans nom, des pommes vertes, des trognons de poires tapées, des grains de raisin, des miettes de croquignoles : au moyen d'une collecte qui était arrivée à la fraction de liard, de pauvres enfants avaient eu pour leur part un marron et une amande trempée dans un petit verre de cassis pour quinze.

Heureusement, le dernier acte de *Robert* est tout religieux, et le personnel de la Sainte-Catherine, qui n'aurait pas pu faire un battement, avait conservé assez de force pour s'agenouiller et célébrer la conversion et le mariage du héros normand.

Quelle gaieté ! rien au monde, robes, chapeaux, bijoux, voitures, ne donne autant de joie que ces petits amusements, ces petites ripailles en famille, entre camarades, dans ce lieu où l'enfance a été si laborieuse, où la jeunesse est si riante,

D'où la vieillesse est chassée.

C'est la vie du *rat*.

Après avoir parlé des plaisirs du *rat*, parlons de ses terreurs. Le *rat* ne passe jamais qu'en frémissant près de l'armoire qui renferme le vieux squelette qui fait partie des *accessoires* de l'Opéra.

Cette terreur a une origine; cet *accessoire* a une légende que voici :

Au second acte du *Freyschütz*, pendant la scène de l'évocation infernale, un squelette s'agite sur la scène, et cette apparition produit sur le public une certaine sensation.

Ce squelette est véritable!

En 1786, un jeune homme de dix-huit ans, faisant partie des élèves surnuméraires de l'école de danse à l'Opéra, et nommé Boismaison, devint amoureux de mademoiselle Nanine Dorival, élève comme lui, et fille de l'ouvreuse de la loge du comte d'Artois.

Mademoiselle Nanine enflamma par ses coquetteries la naïve passion de son camarade, et lui donna des espérances jusqu'au jour où elle trouva de belles moustaches à M. Mauzurier, sergent-major commandant le poste des soixante gardes françaises qui faisaient le service de l'Opéra.

Boismaison vit son malheur, le jugea irréparable, et ne pensa plus qu'à la vengeance.

Un soir, au coin de la rue Saint-Nicaise, où était situé l'hôtel de l'Académie, comme on disait alors, il attendit, après le spectacle, le passage des gardes françaises et alla résolûment prendre à la gorge son heureux rival. Mauzurier eut d'abord l'idée de tuer sur la place son agresseur; mais sa jeunesse et sa petite taille firent sourire le galant soldat. Sur son ordre, trois hommes détachèrent les bretelles de leurs fusils, attachèrent le jeune furieux et le déposèrent sous le péristyle de l'Opéra, où il passa la nuit ainsi garrotté.

Le lendemain, de grand matin, le sieur Demeru, gardien de la salle, trouva Boismaison, qui avait fait de vains efforts pour se délier, apprit de lui l'aventure de la veille, en rit beaucoup pour sa part, et ne manqua pas d'en égayer tout le théâtre.

. Boismaison, bafoué par ses camarades, eut la fièvre, se mit au lit, et mourut en faisant un singulier testament.

Il léguait son corps à M. Lamairan, médecin attaché à l'Opéra, et qui avait un cabinet dans l'hôtel même.

Le pauvre jeune homme priait M. Lamairan de garder son squelette dans ce cabinet, pour être, après sa mort encore, près de celle qu'il avait aimée.

Malgré les vicissitudes de l'Académie royale de musique, les incendies et les autres causes qui l'ont transportée jusqu'à la rue Lepelletier, peut-être aussi par un respect traditionnel pour la dernière volonté du jeune figurant, son squelette n'a pas cessé de faire partie du matériel de l'établissement.

Et la vie de théâtre a recommencé pour lui.

Le public a quelques préjugés : il croit que le pied de la danseuse, si élégamment cambré, si souple, si fort, si gracieux, quand il est revêtu du bas de soie et du chausson piqué,

Il croit que ce pied nu est une monstruosité; il s'imagine un volume de chair plus ou moins gros, rougie et tuméfiée par un exercice violent et continu, des articulations ossifiées, des doigts tordus en sens contraire, des ongles enfouis dans des replis durs comme la corne, une peau irritée, calleuse et agréablement bigarrée de durillons, de cors et d'ampoules : voilà ce qu'il croit produit par l'étude des *entrechats*, des *pirouettes* et des *pointes*.

Il n'en est rien; on a vu, on a moulé même de charmants pieds de danseuse.

Le public croit aussi que les danseuses, mal réparties du côté des mollets, se font faire des mollets de coton. Cela n'est pas possible, le mouvement des entrechats bouleverserait tout et ramènerait les suppléments sur le devant du tibia.

L'entrée des coulisses de l'Opéra était jadis, comme nous l'avons dit, une prérogative très-re-

cherchée, très-défendue, et que se partageaient les
intimes de la maison du roi.

Par suite du système d'entreprise particulière, la
concession de ces entrées appartint au directeur,
qui sut s'en faire un moyen d'administration.

Il admit successivement, mais toujours de sa
propre volonté et sans créer un droit, la plupart
des abonnés fidèles ou influents de son théâtre. Il
étendit cette faveur à des députés, à des pairs, aux
employés supérieurs des ministères, aux journalistes, aux artistes distingués, en un mot, à toutes
les personnes dont les rapports pouvaient lui être
utiles ou seulement agréables.

Cette combinaison a produit les résultats prévus.

Les coulisses ont cessé d'être une mine exploitée
par cinq ou six gentilshommes ridés; mais elles
n'ont rien perdu sous le rapport de la tenue et du
bon ordre. Des ministres n'ont pas cru déroger à
la sévérité de leurs fonctions en venant voir comment se machine le troisième acte de *Robert*.

Et aucun jeune homme de famille n'est devenu

fou d'amour pour avoir parlé à une danseuse.

Voici en quoi consiste la jouissance de ces entrées. Une petite porte, placée au bas de l'escalier
voisin du côté gauche de l'orchestre, est surveillée
par un employé gardien de la liste des privilégiés,
et communique à trois petits paliers puants, gras,
infectés d'huile, qui conduisent sur le théâtre, à
peine éclairé quand le rideau est baissé (1).

Dans la pénombre de ce lieu si magique de loin,
si repoussant de près, passent et repassent des formes de figurantes, de chanteurs, de danseuses.

Aux cris du machiniste se mêlent les ricane-
ments niais des petites filles, les gloussements li-
cencieux des petits garçons, les roulades prépara-
toires du ténor, et les allocutions véhémentes des
chefs de service.

Ceux qu'une permission récente vient d'admettre

(1) Aujourd'hui cette topographie est changée : l'entrée, parfaitement assainie, est à droite; elle consiste en
un petit escalier élégant et roide qui prend son point de
départ dans un vestibule convenable.

dans cette terre promise s'y présentent d'abord avec l'embarras et l'indécision de gens qui surprendraient des femmes turques au bain.

Errant d'une coulisse à l'autre, ils prennent part seulement par le sourire aux conversations grivoises que ne ménagent pas les habitués vétérans.

Ils sont plus enhardis dans le foyer de la danse.

C'est un ancien salon doré de l'hôtel Choiseul, coupé en deux dans sa hauteur, et dont les pilastres enfumés, les glaces cintrées et les ornements noircis attestent encore la richesse passée. Une pente légère du plancher est destinée à reproduire l'inclinaison du théâtre ; tout autour de la pièce sont adaptées des barres d'appui contre lesquelles les sujets dansants viennent se tordre les pieds, se cambrer les reins, se renverser les jambes.

Voyez, pour l'intelligence, le premier tableau du deuxième acte du *Diable Boiteux*.

Devant la cheminée se tiennent les enfants et le fretin du ballet.

A côté des deux chambranles s'assoupissent, digèrent, bavardent, les mères de ce menu monde.

N'oublions pas la feuille de présence, sur laquelle chaque figurant mâle ou femelle vient signer son nom ou dessiner une simple croix, s'il y a lieu.

Au milieu de la pièce, un groupe d'hommes habillés avec soin, le chapeau à la main, chuchotant, riant, semble attendre quelque chose.

Ce sont les habitués. Qu'attendent-ils? L'arrivée des premiers sujets, qui vont s'exercer avant le lever du rideau.

Ces dames tardent le moins possible à paraître.

On les voit venir une à une, descendre avec une grâce étudiée un petit escalier de quatre pas, marcher avec ce déhanchement qui n'appartient qu'aux danseuses, le pied en dehors, tout d'une pièce et chaussé d'une guêtre large qui leur donne assez l'aspect de petites poules anglaises blanches.

Ces guêtres sont destinées à garantir le lustre de

leurs souliers de satin et la netteté de leurs bas.

Avec le petit arrosoir qu'elles portent du bout du doigt, en façon de jardinières de Watteau, elles versent un peu d'eau sur un espace de trois pieds carrés; puis, soulevant avec la main la tournure de leur robe, elles envoient dans la glace une œillade générale au groupe qui se tient derrière elles, et les voilà parties s'arrondissant, pirouettant, s'enlevant, travaillant les sourires, les langueurs, les entrechats, pendant cinq minutes.

Ici un peu de repos.

Le groupe d'hommes se disloque, les plus intimes s'approchent et profitent de cette courte halte.

Ce qui se dit, ce qui s'arrange, ce sont des secrets que nous ignorons ou que nous voulons taire.

L'avertisseur vient jeter sa voix de crécelle au milieu de ces gazouillements de femmes et de jeunes gens :

— *Messieurs et dames, on commence.* (Ce n'est pas vrai.)

Cet incident est utile à celles de ces dames qui veulent couper court à une conversation ennuyeuse ou trop pressante :

Leur réponse est un entrechat.

L'avertisseur revient :

— *Messieurs et dames, l'on a commencé.* (C'est à peu près vrai.)

On défait alors les guêtres, on remet son arrosoir à sa mère, à sa femme de chambre, ou à la personne qui est l'une et l'autre; et l'on prend, en se déhanchant de plus belle, en donnant à son corps les saillies les plus déraisonnables, le chemin de la scène.

Le foyer est un salon ; les mères regrettent le temps où c'était un bazar.

Il s'y fait beaucoup de conversations et peu d'affaires; on y parle assez facilement d'amour, rarement d'argent.

Les hommes riches de l'époque penseraient jouer au grand seigneur d'autrefois s'ils convoitaient des danseuses de premier ordre; ils se croiraient des

Guéménée, des Soubise, et se précipitent dans la figurante, afin d'être aimés pour eux-mêmes.

Vieillards, ventrus, catarrheux, goutteux, ils ont tous cette prétention.

Le personnel des habitués se compose donc des abonnés saillants, des jeunes gens à la mode, qui occupent leur soirée avec les petits bruits et les petits faits du lieu.

Quelques étrangers ont été reçus dans les coulisses, et, parmi les députés qui ne dédaignaient pas les pompes et les œuvres secrètes du théâtre, on a souvent compté plusieurs membres de cette nuance qu'on appelle stupidement la *doctrine*, parce qu'en France il est peu de choses qui ne reçoivent une dénomination imbécile.

Le début dans ce monde nouveau leur a été ménagé par une personne qui s'est attribué l'entreprise générale de leur éducation.

Un accent méridional, assaisonné de gasconisme grivois, une sorte d'œil noir assez provocateur et un nez basque, constituaient toute la séduction.

Cette pauvre personne, bonne fille s'il en fut, remplit avec tant de conscience ses fonctions d'institutrice, qu'on finit par l'appeler le *canapé de la Doctrine*

Il nous reste à parler des loges de ces dames, dont nous n'avons pas vu une seule, comme on pense.

Une psyché, un divan, une toilette et des armoires en composent le mobilier nécessaire. En fait d'ornement, des gravures, le plus souvent des portraits de Vestris, de Gardel, de Duport, de Bigottini.

La loge de mademoiselle No... offre une collection complète des illustrations de la danse passée et présente.

Celle de mademoiselle Leg... était un oratoire profane, un boudoir dévot, dans lequel se rencontraient un prie-Dieu et un pot de rouge, un livre d'heures et des rôles de ballet, un bénitier et un flacon d'essence. Dans un entr'acte, mademoiselle Leg... avait le temps de se sanctifier et de se danner vingt fois, de se parfumer et de faire le signe de la croix, de réciter trois *Ave* et de se farder le visage.

Ses camarades iront en enfer, elle comptait sur le purgatoire.

Le corps de ballet est réparti dans des chambres de quinze, dix, cinq ou trois femmes.

Il se pousse là des cris inconnus, des éclats de rire de l'autre monde.

On chante, on se déshabille, on médit, on bat les coiffeurs, on désole les habilleuses, et l'on se paye des petits verres de cassis ou de la bière, jusqu'au coup de cloche de l'avertisseur.

Quand la bande est tout entière étuvée, peignée; vêtue à la moyen âge, à la péruvienne, à la grecque, à la sauvage, coiffée à la *mal content*, à l'italienne, paysannes, pages, grandes dames, sylphides, roulent dans les escaliers, à grand bruit, comme des pavés de Fontainebleau qu'on décharge sur la voie publique.

De tous ces détails et de toutes ces considérations

sur l'état actuel de la danse, non pas comme art, mais comme moyen de fortune, il faut tirer cette conclusion déplorable que l'époque n'est pas généreuse, qu'elle blâme les folies brillantes et tolère les petits plaisirs, obscurs et sordides.

LES

SPECTACLES D'ÉTÉ

Enfin, dit-on quelquefois, voilà le beau temps!
Nous étouffons!

Le mois de mai et le mois de juin ont été, cette
année, tels que doivent être, à Paris, de vrais mois
de mai et de juin, c'est-à-dire des mois quinteux,
humides, changeants, inquiets.

Car on ne sait vraiment en vertu de quelle as-
tronomie, en vertu de quel préjugé poétique, les
Parisiens, placés à peu près au quarante-huitième
degré de latitude, croient avoir droit à un printemps. Depuis que nous existons, nous avons toujours vu le bon Dieu répondre à cette prétention par
des giboulées et de la grêle; rien ne nous corrige.

A peine nous sortons de la cohue carnavalesque,
à peine Musard a-t-il serré son violon dans l'étui, à

peine les truffes commencent-elles à s'aigrir, que nous transformons Paris en un Naples septentrional, le *far niente* s'organise, le grand *lazzaronisme* commence et se manifeste sous les formes les plus exagérées.

Le feu disparaît des cheminées, qui profitent de leur inaction pour souffler des vents coulis; les bourrelets s'arrachent d'eux-mêmes des fenêtres; les tapis râpés demandent merci, les fourrures deviennent chauves, les salons se ferment, les pianos se taisent, les intrigues s'ajournent, les liaisons se liquident, le délire printanier commence, à cause de ce grand événement végétal :

Les petits pois s'annoncent.

Le boulevard devient une *chiaïa*, les balayeurs ont à peine raclé la dernière neige et donné le dernier coup de brosse à l'asphalte, que des chaises et des tables de café s'y dressent à la hâte, que des promeneurs débraillés, la cravate lâche, l'œil déjà voluptueux, à la manière des pays chauds, les lèvres cuivrées par le cigare, affectent de se dilater comme s'ils aspiraient une brise de Portici.

Les anciens bourgeois de Paris s'étaient loyalement rendus ridicules dans toute l'Europe par leurs parties de campagne aux Prés-Saint-Gervais et leurs dîners sur l'herbe.

Depuis la découverte de la couleur locale, depuis qu'on ne parle plus, qu'on ne rime plus, qu'on ne peint plus qu'Espagne, Antilles, Italie, Orient, les badauds modernes, à l'instar des enfants qui improvisent des jardins avec des branches d'acacia, vont se faire, dans un rayon de cinq lieues, des Italies et des Espagnes à leur fantaisie et à leur proportion.

On ne s'imagine pas toutes les illusions créées ainsi pour échapper à cette cuisante latitude de quarante-huit degrés.

Désormais les maisons de campagne de la petite propriété sont des *villas*, dont les toits de zinc s'aplatissent en terrasses, où l'on se réunit le soir pour respirer des rhumatismes.

Dans l'intérieur de ces bouchons italiens, on fume sur les divans, dans des pipes longues comme des hommes; les arbres des jardins, quand il y a des arbres, se courbent sous les ondulations des hamacs, au fond desquels d'indolents créoles du faubourg Montmartre commettent des calembours ou chantent le *Désert* de M. Félicien David.

La transformation du Parisien ne s'est pas arrêtée là.

Depuis la mode des chants de pêcheurs et des barcarolles, tout le monde a regretté de ne pas être marin de la *Belle-Poule;* de là ce goût si singulier pour cette marine d'eau douce appelée *canotage.*

Le canotage ne peut être ici étudié à fond; il suffit de dire qu'aux jours de fête les chemins de fer débarquent sur toutes les rives de la Seine environ dix mille hommes très-religieusement travestis en marins; leur chapeau se penche en arrière, repoussé par une touffe de cheveux bouclée au sommet du front; une vareuse grossière flotte sur leur dos; leur col se rabat avec cette grâce enfantine et pittoresque qui est propre aux matelots; une ample couche de goudron donne à tout ce déguisement un vernis et un parfum de Brest, et les chefs d'équipage portent les insignes du commandement, uniforme bleu, sabre, épaulettes.

Qui n'a pas vu, aux stations d'Asnières, de Maisons, de Sèvres, descendre nos Jean-Bart de la banlieue, ne peut se faire une idée de cette innocente démence.

A peine débarqués, tous ces équipages courent à leurs *bords* respectifs, et passent la journée à ramer, à voguer. Puis, le soir, quand la *manœuvre* a bien marché, quand on a découvert beaucoup d'îles au pont de Neuilly, quand on a exploré toutes les *baies*, toutes les *anses*, toutes les *criques* de Saint-Denis et de Saint-Ouen, on rentre, en se *hélant* de canot à canot, et en chantant des barcarolles, à moins qu'une querelle de pavillon ne s'allume au milieu de la croisière, et qu'on n'en vienne à l'abordage. Alors la gendarmerie est forcée de faire *la coupe* pour mettre le holà.

Eugène Sue est cause que la plupart des canotiers s'appellent *Flambarts*.

Il n'est pas jusqu'à la pêche à la ligne qui n'ait pris des allures romantiques.

Autrefois un pêcheur avait une grande casquette, un panier, une ligne, se posait sur une pierre et attendait la bonne volonté du goujon.

Depuis le tableau de Léopold Robert, représentant les pêcheurs de l'Adriatique, les pêcheurs à la ligne se sont aussi composé des accoutrements pittoresques pour guerroyer contre le barbillon; un célèbre pêcheur des environs de Paris, qui est, par-dessus le marché, chanteur à l'Opéra, ne sort pour aller jeter sa ligne qu'habillé en Masaniello.

La science de la pêche à la ligne est un très-vieux préjugé qu'il faut respecter.

On ne peut empêcher les pêcheurs accoutrés en Vénitiens de prétendre que le poisson est assez débonnaire pour aller mordre à leur hameçon de préférence à l'hameçon du pêcheur novice; mais ce qu'on ne saurait trop flétrir, c'est le genre de poisson que fournit la Seine.

Il suffit d'avoir regardé en face le monstre qu'on

appelle barbillon, monstre mou, blanc, visqueux
et lippu, pour renoncer éternellement à toutes espèces de matelotes.

Des simulacres de villas, de marine et de pêche
ont donc la propriété d'émouvoir, hors de toute
mesure, le Parisien moyen, tandis que le Parisien
huppé prend la poste à l'approche de ce printemps
fantastique, qui ne se déclare jamais qu'au milieu
de l'été, qui, lui-même, est toujours en retard.

Il se manifeste ainsi dans toutes les classes une
exaltation, un besoin d'impressions méridionales
assez défavorables, il faut le dire, aux théâtres, qui,
pendant neuf mois, n'ont pas fait autre chose que
de marier au dénoûment mademoiselle Henriette
et M. Gustave.

Cet éternel mariage de M. Gustave commençant
à paraître trop établi, quand les feuilles poussent
aux arbres, il faut inventer, pour réveiller l'épi-
derme du public, des systèmes de frictions très-
énergiques.

De là les alcides, les équilibristes, les ménage-

ries, les nains et les géants qu'on voit se produire
sur nos scènes aux lieu et place de nos grands acteurs, qui prennent des congés et vont en été faire
ratifier par la province tous les mariages qui ont
été célébrés sur les différents théâtres de Paris
pendant l'hiver.

Chaque année voit apparaître de ces phénomènes
caniculaires.

Le public ne se demande jamais comment les directeurs de théâtres se procurent ces lucratives ex-
centricités, qui, la plupart, viennent d'Amérique;
il faut le lui dire.

Il existe aux États-Unis des maisons de commerce organisées pour l'exploitation des curiosi-
tés. Elles entreprennent les cirques, les animaux,
les jongleurs, et en général tout ce qui concerne le
spectacle.

La plus célèbre de ces maisons est celle de
M. Titus. Le beau nom!

M. Titus voyage bien plus que le Juif errant. S'il
connaît dans un coin du monde l'existence d'un

animal ou d'un homme recommandable par sa force, son adresse, sa grâce ou sa voracité, il arrive à grande vapeur sur le lieu désigné, achète, loue ou prend à bail cet objet extraordinaire.

Un itinéraire est tracé, un bill de dépenses fixé, un commis choisi.

Le commis part avec des instructions, et à la fin de sa tournée se trouve exactement à un rendez-vous convenu, pour compter avec M. Titus, à Calcutta, à Mexico, à Londres ou à Paris.

Parmi les occupations qui composent l'existence de cet entrepreneur, la plus singulière est la recherche des bêtes féroces; car c'est de ses mains que Carter et Van Amburgh ont reçu ces charmants léopards qui faisaient nos délices et notre terreur.

Quand M. Titus a écrit le plan d'une ménagerie, comme un auteur ordonne le plan d'une pièce, on le voit partir pour se procurer les acteurs qu'il a désignés.

En Amérique, sa patrie, il met lui-même la main à la besogne, et quand on le rencontre sur les ba-

teaux à vapeur ou sur les *railways* innombrables
qui traversent l'Union, il raconte très-froidement
qu'il est à la recherche d'un boa qui lui manque.

Ses absences sont longues quelquefois, jamais
infructueuses. Il revient toujours avec sa bête,
ayant battu les contrées sauvages, vécu, chassé,
mangé avec les Indiens, sans être tout à fait mangé.

Quant aux animaux de l'Asie et de l'Afrique, il
ne les chasse pas lui-même ; un émissaire est envoyé
à des chefs de peuplades dont M. Titus est parfaitement connu ; un rendez-vous est pris, et, au jour
fixé, M. Titus vient, avec son argent, prendre li-
vraison des éléphants, des panthères, des croco-
diles qu'il a commandés.

Une fois ces individus plus ou moins féroces,
mais toujours jeunes, réunis dans un point central,
M. Titus les met au collége.

Là commence l'emploi de ces procédés puissants
qui domptent la bête et la civilisent : peu à peu la
troupe se forme, l'éducation se complète à coups
de barre de fer rouge ; on règle avec un grand art

et une étude approfondie des contrastes, des groupes où doivent figurer un tigre rageur, un jaguar caressant, un lion endormi, une panthère amoureuse, une hyène criarde ; et tout ce bétail, une fois en état d'accomplir son roman comique, est dirigé, sous la conduite d'un Carter ou d'un Van Amburgh, vers les pays qui éprouvent le besoin des acteurs à quatre pattes.

Ces sortes de spectacles sont généralement goûtés en Europe, parce qu'on espère un peu voir les conducteurs de bêtes mangés par leur marchandise ; mais l'on sera toujours attrapé si l'on compte sur ce divertissement : M. Titus répond de ses élèves, et dit hautement qu'il a plus peur d'un chien qu'il ne connaît pas que d'un tigre élevé par lui.

M. Titus a toute l'apparence d'un *gentleman* ; quand il se promène avec ses deux enfants habillés en *highlanders*, il peut être pris pour un membre du parlement en vacances qui voyage avec sa famille sur le continent.

Il faut remarquer que les Anglais et les Amériricains n'ont jamais l'air de leur état, mais simplement l'air d'Anglais ou d'Américains. Ce n'est qu'en France qu'on cherche à avoir l'air militaire, l'air notaire, l'air peintre, l'air sculpteur, l'air ténor, l'air contre-basse, l'air avocat, l'air poëte.

L'entrepreneur de *Tom-Pouce*, car le général était à l'entreprise, est un nommé Barnum, qui a déployé une véritable capacité dans l'exploitation de ce fœtus.

M. Barnum est aussi Américain : tous les Américains sont négociants, et vendent n'importe quelle marchandise, sans distinction et sans préjugé; ils pratiquent hardiment, loyalement, toute espèce de commerce; ceux qui nous ont apporté des tours de force, des jongleries, des animaux, des enfants, laissent tous un bon souvenir de leur droiture et de leur habileté.

Le cirque des Champs-Élysées fait invariablement tourner en rond des chevaux pies qui ont la propriété d'appeler chaque fois la foule.

L'Hippodrome est constamment rempli de phénomènes ; sauteurs de corde, *steeple-chase*, ballons, taureaux, tout lui est bon ; il nous promet de se transformer en véritable cirque romain. Nous y pourrons voir des chrétiens livrés aux bêtes ! Quelle fortune !

Tous ces efforts tentés sur le public, tout ce remue-ménage de nains, de jongleurs, de sauteurs, de chevaux, de singes, qu'on remarque de mai à septembre, n'a pas d'autre cause que la guerre impitoyable faite aux théâtres par ce globe lumineux qu'on appelle le *soleil*.

Le soleil est la plus brillante des sept grandes planètes. Toutes les planètes tournent autour de lui : la lune seule montre assez d'indépendance et de bon goût pour s'abstenir de cette rotation courtisanesque.

Le soleil n'étant pour nous qu'un astre et non pas un dieu, il n'y a aucune irrévérence à lui dire son fait.

Il n'est pas difficile, au reste, de démontrer que le soleil n'est bon qu'à réjouir Méry, le poëte héliomane.

En un mot, si le blé pouvait venir en serre

chaude, on pourrait tout à fait se passer des ca-
resses brûlantes de ce gros astre aux yeux d'escar-
boucle, dont la face s'encadre dans une auréole
d'allumettes chimiques en combustion.

Il s'agit de compter les bienfaits qu'il répand sur
les pays objets de sa prédilection, et de comparer
ces pays à ceux qu'il se contente de frotter dédai-
gneusement de l'extrémité de sa crinière ardente.

La peste, le choléra, la stérilité de la terre, la
brièveté de la vie, les bêtes féroces, voilà ce qu'il
donne aux climats du sud.

Sous son influence, les royaumes croulent, les
sociétés périssent, les races dégénèrent, l'esclavage
se perpétue.

L'aspect seul de notre Europe suffit pour faire
détester son despotisme.

Le Nord est tout entier intelligent, actif, coura-
geux, organisé.

Le Midi, apathique, mou, arriéré, anarchique.

C'est la race blonde qui fait la loi à la race brune.

Pour amener le sexe à notre opinion, nous rappellerons que dans l'Orient les femmes se vendent, et que le Nord a enfanté les druidesses, les Norma, les Velléda.

De ces considérations générales, descendons aux détails de notre vie particulière.

Que gagnons-nous donc, nous autres Parisiens, aux visites du soleil? — De la chaleur.

Ah! vraiment, que Paris est beau par un jour de canicule! Ah! les fraîches émanations qui s'échappent de cet amas de pierres malpropres!

Que cette population glutineuse est belle à voir!

Ah! les beaux visages rouges et perlés, les beaux cheveux frisés en chandelles, les belles mains gonflées, la belle poussière, la bonne asphyxie, les bons chiens enragés!

Mais le blé n'est qu'à ce prix.

Si le soleil jouissait encore un peu de cette estime qui lui valait la divinité dans quelque pays, et que lui ont retirée depuis longtemps les gens sensés et les véritables épicuriens, on pourrait l'embarrasser et le confondre à tout jamais par cette simple question :

« Soleil! toi qui te dis vivifiant, toi qui prétends
» féconder la terre et mûrir ses produits, dis-nous
» donc, soleil, pourquoi, par tes propres forces, tu
» n'as jamais pu nous donner de bons fruits et de
» bons légumes?

» Il n'y a que les poëtes qui mangent de tes gre-
» nades, de tes figues, de tes pastèques, de tes cé-
» drats, de tes limons et de tes raisins coriaces.

» Nous autres, avec notre artifice, et sans le se-
» cours de ton brutal calorifère, nous nous donnons
» ponctuellement, et sans t'attendre, des petits pois
» très-tendres et que tu rendrais durs, des asperges
» savoureuses et que tu ferais grimper, des fraises
» exquises dont tu pomperais le parfum ; tâche
» donc, soleil, dans les climats du sud, de donner à
» tes adorateurs des pêches comme celles de Mon-
» treuil, des raisins comme le chasselas de Thomery;
» la serre chaude et la cloche de verre sont plus
» puissantes que toi; Potel te bat sur le melon. »
Jamais le soleil ne répondra.

C'est assez parler de végétation. Toute la vie intellectuelle n'est-elle pas troublée par le regard indiscret de cet astre orgueilleux?

Qu'est-ce qu'on fait au grand jour, si ce n'est des affaires?

Qui a de l'esprit, des idées, des passions, de la beauté en plein jour?

De l'appétit même? Qui est-ce qui déjeune, excepté les militaires après la manœuvre?

C'est avec la bougie que les vrais gastronomes éclairent les chefs-d'œuvre de leur sensualité, parce que rien n'est laid comme une sauce vue au soleil.

On a voulu créer la mode des matinées dansantes ; les femmes ont fui devant ces exhibitions périlleuses ; dans le fait, il n'y a que les paysans qui puissent sauter en plein midi.

La nature elle-même s'enlaidit au grand éclat de la lumière ; la verdure n'est belle, les lointains n'ont de mystère et la végétation ne rit que sous le voile des nuages ; le soleil déchiquète les contours des arbres, durcit les mouvements de terrains, plombe le firmament et dessèche la perspective; il n'y a pas en Italie un paysage qui vaille une percée du parc de Windsor.

Les adorateurs les plus fanatiques du soleil n'apprécient même que son lever et son coucher, c'est-à-dire le moment où il ne brille pas encore et le moment où il disparaît.

Le soleil apporte cependant un bienfait, qui est le résumé de toutes les jouissances terrestres : la paresse.

La paresse! dont on a dit tant de mal, parce qu'elle ne se défend pas, et qui a été réhabilitée par le mot tout philosophique de M. Royer-Collard.

On déplorait devant lui le mouvement des générations modernes, qui s'agitent sans avancer, qui bouleversent tout et ne créent pas, qui travaillent beaucoup pour ne rien faire.

« Ah! s'écria-t-il, les paresseux sont la réserve » de la France! »

LES
PETITS MÉNAGES

Jamais, à aucune époque, il n'y eut moins qu'aujourd'hui de vertus intérieures, de vertus de famille :

Tout ce qu'on donnait à des affections intimes, à des devoirs domestiques, on le reporte sur des ambitions insensées, et tout extérieures.

Les mœurs privées, et surtout les sentiments privés, sont corrompus et viciés; mais les mœurs publiques ont meilleure apparence.

Il y a moins d'honnêtes gens, et plus de gens moraux.

C'est-à-dire qu'au temps des plus intolérables tracasseries religieuses on ne compta jamais plus d'hommes soumis à l'opinion de certains autres.

On craignait un peu Dieu; on ne craint plus que la publicité.

On aime bien plutôt vivre en paix avec des journaux qu'on redoute, avec des électeurs dont on a besoin, qu'on ne cherchait à mériter l'absolution d'un confesseur commode.

La Charte a fait plus d'hypocrites que l'Église.

Parlons des actrices.

Le temps est loin où mademoiselle Clotilde, la célèbre danseuse de l'Opéra, adorée par le brillant Pignatelli, comte d'Egmont, et par l'amiral espa-gnol Mazaredo, dépensait quinze cent mille francs par an.

D'abord, qui est-ce qui a encore, et qui est-ce qui donnerait à présent quinze cent mille francs?

L'hypocrisie publique n'encourage que l'usure qui se cache, et ne pardonne plus à la prodigalité qui se montre.

Ce qui fait que l'art dramatique marche à sa perte.

Au produit modestement rétribué d'un talent re-marquable, une actrice ajoutait jadis le produit d'un Anglais follement riche, ou d'un général qui avait fait fortune.

Aujourd'hui, ce sont les théâtres qui payent les actrices, comme d'anciens Anglais, comme d'anciens généraux ; tous les entrepreneurs s'y ruineront ; c'est pourquoi l'art dramatique marche à sa perte.

En attendant, voici ce qui se passe :

A défaut de gens riches, ou prodigues, ou indépendants de l'opinion des chambres et des journaux, l'actrice s'arrange une vie d'épargne et de lésine, un intérieur de prose et d'ennui, et se livre aux tristes et froids détails du *pot-au-feu*.

Elle se marie.

Au lieu de rêver un grand état de maison, de riches toilettes, elle abaisse ses regards sur les charmes d'un petit ménage maussade, mais légitime, et l'époux qu'elle choisit, c'est celui qui vocalise le matin avec elle, qui se poignarde le soir pour elle, qui bat des entrechats dans ses jambes, avec qui elle a l'habitude de vivre, de travailler, de voyager ; avec qui elle confond sa voix, son haleine, qu'elle embrasse, qu'elle tutoie. Elle épouse un acteur, un chanteur, un danseur, ou un chef d'orchestre.

Tous deux vivent dans leur coque, utilisent leurs mères mutuelles, soit par la cuisine, soit par les raccommodages, rançonnent leurs directeurs, courent la province, ramassent des gros sous, qu'ils placent à la caisse d'épargne, prennent du ventre et font souche d'huissiers ou d'avocats.

Ou bien, elle ne se marie pas.

Elle écoute son cœur; son cœur lui dit :

Tiens, voilà un homme de lettres, spirituel, il n'a pas d'argent.

Tiens, voilà un jeune homme du monde, élégant, bien né; il n'a d'argent que ce qu'il lui en faut pour payer la stalle d'où il te lorgne.

Tiens, voilà un homme d'affaires, un spéculateur; il ne possède que son cabriolet.

Tiens, voilà un journaliste, un vaudevilliste, ce que tu voudras, tu as le choix; tu peux les aimer : les ruiner, non.

Et elle aime.

Commence alors un *petit ménage* illégitime. Pour ces unions les deux dots sont réglées : deux cœurs.

C'est effrayant comme on s'aime ! A la différence des liaisons d'autrefois, qui consistaient en visites attendues, et dont les conventions étaient : d'une part, beaucoup d'argent; de l'autre, peu d'amour, on se voit sans cesse, on ne se quitte pas, on se voit trop, et l'on arrête ainsi ses conditions : de l'amour tous les jours; de l'argent quelquefois.

L'*époux* de ce *petit ménage* s'identifie avec la profession de son *épouse*, et, à l'inverse de ce qui se passait quand l'actrice devenait, par les sacrifices fastueux de son protecteur, en quelque sorte une grande dame,

C'est lui, au contraire, qui devient acteur, plus acteur même que l'actrice à qui son existence est liée.

Quand elle est sur les planches, il respire pour elle, parle pour elle, l'accompagne du regard, la souffle quand la mémoire lui manque, s'émeut, s'agite, frissonne, passe du froid au chaud, du rouge au pâle, et joue tout seul, sans interlocuteur, un drame intime et réel.

A la fin du spectacle, c'est lui qui vient l'attendre, la couvrir d'une foule d'attentions et de cache-nez, visiter l'agrafe de ses socques, et la hisser, avec ou sans sa mère, dans un fiacre.

Dans les *petits ménages*, le cachemire est une fiction, la voiture un mythe; la nourriture est assez bonne : le veau en est la base.

La mode des *petits ménages* s'est étendue à tous les degrés.

Aux figurantes, on n'adresse même plus de ces propositions frivoles que se permettaient des étourdis ayant de l'or à la poche et du vin à la tête; on propose un *petit ménage*, ou, pour mieux parler la langue pratique, d'*être avec*.

Encore plus d'égards et moins d'argent.

Ce n'est plus une actrice, une femme quelque peu formée par une éducation indispensable, par l'étude de la déclamation ou de la musique ; c'est un petit être joli, mais inculte, plein de grâce et d'ignorance, d'une ânerie adorable, mais inquiétante pour l'avenir.

On lui cherche alors des maîtres à bon marché, pour lui démontrer que la langue maternelle n'est pas la langue française, et lui apprendre qu'il y a des meubles appelés *pianos*.

On achète avant tout une armoire à glace, puis un peu de linge, un cachemire français, un manteau tartan, six couverts et un fauteuil Voltaire, dans lequel on s'abrutit le soir à fumer et boire du vin chaud.

Dans tous les *petits ménages*, c'est l'*époux* qui se charge des véritables et sérieux intérêts de sa moitié, c'est lui qui s'occupe des costumes, des rôles, qui menace les directeurs d'une extinction de voix ou d'une entorse, et visite les journalistes.

Le langage de la maison est très-chaste : les vilaines locutions en sont bannies, et le tutoiement n'est même pas risqué devant la belle-mère.

Les *petits ménages* se voient entre eux, se font des visites qui servent à établir la statistique des autres

petits ménages, à parler de ceux qui se projettent et
de ceux qui se rompent.

On arrange des parties de campagne ou de spectacle : ce sont les grands jours; les rivalités de
chapeaux et de robes, les jalousies d'écharpes et de
bracelets, se mettent à nu, et, après des efforts
réciproques pour mettre en harmonie toutes les
toilettes, on s'empile dans des voitures et des loges
payées à frais communs.

Le *petit ménage* se distingue généralement par
un air propret à l'extérieur; mais l'intérieur en est
rendu peu ragoûtant par les habitudes et les manies de la belle-mère.

La mère d'une femme de théâtre est un être au-
quel ne correspond aucune analogie de l'ordre so-
cial :

Elle prend du tabac et en sème partout; dans ses
poches, elle entasse mille objets, des fichus déco-
lorés, des clefs, des quatre mendiants, des écheveaux de fil, de vieux journaux, des pots de rouge
et des chaussons; ses bas de laine tombent à gros

plis sur ses chevilles engorgées ; son bonnet couleur de beurre tourne, mal attaché, sur des cheveux mêlés comme du foin ; sa robe, ouverte dans le dos, bâille sur un corset aux œillets arrachés ; et tout ce vêtement, qui tient par des fils usés, par des cordons précaires, exhale une odeur de chat et de vieux linge.

Elle a l'air de ne s'être jamais habillée ni déshabillée.

Pour sa toilette de ville, elle possède un chapeau couleur de suie mouillée, et un châle dont les franges pleurardes balayent le trottoir.

Le ton de la mère est grognon ; elle allume le feu avec la grammaire de sa fille, et *reçoit le linge* sur son piano.

Elle cause trop avec la portière, et s'entend avec elle pour donner un sobriquet à l'*époux* de sa fille.

En général, les *petits ménages* sont stériles.

On compte aussi quelques *petits ménages* de *lorettes*, mais ils sont rares et peu dignes.

Il n'y en a jamais eu qu'un de célèbre. Il est

rompu depuis quelques années. C'était un ménage modèle : on s'y battait et l'on y riait tout le jour. La Chaussée-d'Antin a gardé le souvenir de ses querelles et de la gaieté de ses amis.

Toute une génération contemporaine a dépensé sa verve et sa jeunesse dans cet intérieur, où le vin était spirituel et la folie philosophique.

De l'établissement de ces *petits ménages* sans bruit et sans faste, il faut tirer ces conclusions :

Que souvent l'homme sort de la bonne compagnie sans que la femme sorte de la mauvaise ;

Qu'on ose se donner des vices cachés, durables et à bon marché, et qu'on n'ose pas afficher des vices éclatants, magnifiques et passagers ;

Et comme l'a dit Étienne Bequet,

Que tout célibataire est plus ou moins marié.

FIN

Paris. — Typ. de Mᵐᵉ Vᵉ Dondey-Dupré, rue Saint-Louis, 46.

www.ingramcontent.com/pod-product-compliance
Lightning Source LLC
Chambersburg PA
CBHW071116260626
47162CB00006B/2339